KB266802

일본 센류 걸작선

일본 센류 걸작선

일본 센류 걸작선

이지수 옮김

포레스트북스

2001년 공익사단법인 전국유료실버타운협회에서 주최한 센류 공모전 '실버 센류'는 누구나 쉽게 지을 수 있는 센류를 통해 나이 듦을 긍정적으로 받아들이고 즐겨주셨으면 하는 마음에서 시작되었습니다.

원래는 협회 설립 20주년 기념해 기획한 이벤트로 단 한 번만 개최할 예정이었으나 예상을 뛰어넘은 호응과 수많은 명작에 힘입어 경로의 날*이 있는 9월에 발표하는 형식으로 매년 개최하였습니다. 그 후 지금까지 21만 수가 넘는 작품이 응모되었지요.

* 어르신을 공경하고 장수를 축복하는 일본의 법정 공휴일로 매년 9월 셋째 주 월요일.

2012년부터는 그해의 입선작 20수를 포함해 88수를 실은 책을 출간하기 시작했는데, 이 역시 올해로 11권이 나와 스테디셀러 시리즈가 되었습니다.

이 책은 '실버 센류' 20주년을 맞아 지금까지 400수가 넘는 입선작 가운데 100수를 엄선해 실은 걸작선입니다.

20년 동안 세상에는 참으로 많은 일이 일어났습니다. 여러분의 생활에도 여러 가지 변화가 있었겠지요. 그런 변화는 우리의 일상과 세태를 그려내는 실버 센류에도 농도 짙게 반영되었습니다. 아무리 세월이 흘러도 실버 센류의 유머 감각은 여전합니다. 노화를 한탄하면서도 즐기고 일상생활 속 숨겨진 웃음을 발견하지요. 20년 동안 일어난 세상의 변화와 유행을 이 책에 실린 작품들을 통해 즐겨주시면 기쁘겠습니다.

마지막으로 이 책을 출간하며 작품을 싣도록 흔쾌히 허락해주신 작가 여러분과 그 가족분들께 진심으로 감사드립니다.

공익사단법인 전국유료실버타운협회

차례

들어가며 4

1부 **2001~2008** 8
센류 달인에게 묻는다! 52

2부 **2009~2014** 58
센류 달인에게 묻는다! 106

3부 **2015~2020** 110

1부

2001~2008

にほん川柳　ベスト　セレクション

얄보지 마라
이래 봬도 유통기한
아직 남았다

見くびるな
賞味期限は
切れとらん

오가키 구미코·여성·쉰두 살 ─제1회 입선─

붉은 실 인연
남편 없는 사이에
몰래 끊는다

赤い糸
夫居ぬ間に
そっと切る

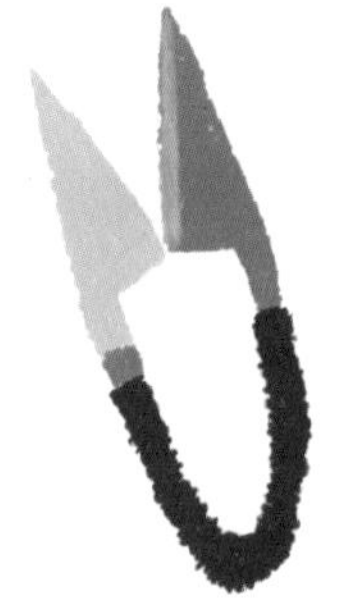

오바타 가즈히로 · 남성 · 쉰여섯 살 ― 제2회 입선 ―

집안일 배우니
아내가 대충한 것
눈에 띄누나

家事おぼえ
妻の手抜きが
見えてくる

사토 유코 · 여성 · 마흔여덟 살 ―제 2 회 입선―

이보게! 당신!
어느덧 마누라의
이름 잊었다

おい！ おまえ！
いつしか妻の
名を忘れ

와타나베 기누코·여성·예순 살 ―제 2회 입선―

그건 거기에

저건 저기에

분명 잘 있다니까

あれはそこ
それはあそこに
ちゃんとある

이시구로 에이코·여성·일흔 살 ―제2회 입선―

깜빡한 물건
가지러 가는 사이
또다시 깜빡

忘れもの
とりに戻れば
又忘れ

여행 마니아
안 가본 곳이라곤
저승뿐이네

旅行好き
行ってないのは
冥土（めいど）だけ

미야가와 다카시·남성·예순두 살 ―제3회 입선―

돈 많은 사람
죽을 때면 친척이
확 늘어난다

資産家は
最期に親戚
ドッと増え

조 도 오 코 · 여 성 · 마 흔 여 덟 살 ㅡ 제 3 회 입 선 ㅡ

연하장
안 보내면 죽었다고
소문이 난다

年賀状
書かねばあの世と
うわさされ

22

야마다 도시코·여성·예순여덟 살 ㅡ제 3 회 입선ㅡ

문화센터엔
선배티 풀풀 내는
아내가 있다

カルチャーに
先輩顔の
妻がいる

보청기를 뺀
아빠는 그 누구도
이길 수 없다

補聴器を
外し無敵の
父となる

미즈노 노부유키·남성·예순네 살·무직 ―제4회 입선―

들을 때마다
내용이 달라지는
「나 때는 말야」

聞くたびに
話が違う
「若い頃」

다나카 다미코 · 여성 · 쉰두 살 · 주부 ―제5회 입선―

코 골 때보다
조용할 때가
더 신경 쓰인다

いびきより
静かな方が
気にかかり

허세 부리며
지팡이 치워 놓고
우산 챙긴다

見栄張って
杖は要らぬと
傘を持ち

나카야마 구니오·남성·예순아홉 살·무직 ―제6회 입선―

거만했던 옛 상사
퇴직 후 동네에선
찬밥 신세

威張ってた
上司地域で
役立たず

와타나베 가즈오·남성·서른 살·회사원 —제6회 입선—

백화점 가면
쇼핑보다 급선무
앉을 곳 찾기

デパートで
買い物よりも
椅子探し

가와다 세키코·여성·일흔다섯 살·무직 ―제6회 입선―

카드 없음

휴대폰 없음

피해도 없음

カードナシ。

ケータイもナシ。

被害ナシ

고이즈미 지카타네·남성·쉰여덟 살·학원 운영 ─제6회 입선─

요즘 흔하대
부모 자식 다 같이
연금 받는 집

年金を
親子でもらう
家が増え

이시노 후사에 · 여성 · 일흔두 살 · 농업 ― 제 6 회 입선 ―

허리 굽었네
일평생 곧디곧게
살아왔건만

まっすぐに
生きてきたのに
腰まがる

이노우에 에이지 · 남성 · 일흔네 살 · 무직 ―제7회 입선―

아픈 곳 없이는
대화가 안 통하는
노인들 모임

無病では
話題に困る
老人会

이와나카 미키오·남성·서른한 살·공무원 ―제7회 입선―

사람 됨됨이도
양극화되는
고령화 사회

人格の
格差広がる
高齢者

오, 놀라워라
반했다 와 노망났다
같은 한자네

惚れる

惚ける

하라 요시히데·남성·여든두 살·무직 —제7회 입선—

驚いた
（惚）ホれると
（惚）ボけるは
同じ文字

다무라 야스히코·남성·쉰네 살·회사원 ―제7회 입선―

밥 먹었단 것
까먹지 않기 위해
꼭 쥔 이쑤시개

食べたこと
忘れぬように
持つ楊枝

다나카 히로미 · 남성 · 예순다섯 살 · 무직 ―제 7 회 입선―

만보기
걸음 수 늘었지만
거리는 그대로

万歩計
歩数のびるが
距離のびず

유언장 썼다고
안심했더니
장수해버렸다

遺言を
書いた安堵で
長生きし

43

와다 히로시·남성·예순여덟 살·무직 ―제8회 입선―

하체 운동하니
괜히 나다닐까 봐
걱정들 한다

足腰を
鍛えりゃ徘徊
おそれられ

엘비스 마쓰오·남성·예순세 살·금속 세공인 —제8회 입선—

늙은이들은
온 세상 어딜 가든
함정뿐이네

年寄りに
渡る世間は
罠ばかり

나카바야시 가즈코·여성·일흔한 살·주부 ―제8회 입선―

공 잘 던진다는
손주의 칭찬
조금 쑥스럽구나

ボールなげ
孫にほめられ
ちょっとてれ

후지모토 아키히사·남성·예순네 살·광고 회사 경영 ㅣ제8회 입선ㅣ

저세상에선
친구로만 지내자
마누라의 말

あの世では
お友達よと
妻が言い

노베자와 요시코·여성·쉰여섯 살·파트타이머 —제8회 입선—

다음 생에도
반드시 함께하자
개에게 말한다

来世も
一緒になろうと
犬に言い

오가와 요시히로·남성·예순여섯 살·파트타이머 —제8회 입선—

아흔 넘어도
너무 신경 쓰인다
중국산 식품

九十を
過ぎても気にする
中国産

센류 달인에게 묻는다!

센류로 읊는 부부의 온도

센류의 단골 주제 중 하나는 '부부 관계'입니다. 특히 남성의 경우 정년퇴직을 하면 자기 자리를 찾지 못해 집에 있어도 가족에게 방해꾼 취급을 받고는 하는데, 그런 미묘한 부부 관계를 묘사한 작품이 많이 날아들지요.

이를테면 "집안일 배우니 / 아내가 대충 한 것 / 눈에 띄누나"(12쪽)와 "저세상에선 / 친구로만 지내자 / 마누라의 말"(48쪽)에서는 명백히 우위에 선 아내의 모습이 실감 나게 드러나 있습니다. 한편 황혼기 부부의 일상을 담담하게 묘사한 "아귀 맞는 데 / 반백 년 걸린 / 냄비와

불만 있으면 / 개가 아니라 / 나한테 말해라

뚜껑”(64쪽)은 차분한 애정이 느껴지는 명작입니다.

부부 관계를 반려동물과 연관시켜 읊은 작품 중에도 수작이 많습니다. “불만 있으면 / 개가 아니라 / 나한테 말해(69쪽)”로 제10회에 입선한 아다치 다다히로 씨는 실버 센류 시리즈에 종종 등장하는 달인입니다. 실제로 부인, 노견과 셋이서 생활하고 있으며, 그밖에 개를 소재로 한 작품으로 “‘다 됐어’ / 불러서 갔더니 / 개밥이었다”도 있습니다.

정치나 사회적 사건 등 일상 속 뉴스도 센류 소재로 삼는데, 발상이 떠오르면 얼른 메모하는 것이 창작 비결이라고 합니다. 센류 전용 공책을 손 닿는 곳에 두고

당근마켓에서
아무도 관심 없는
나의 옷가지

신문과 라디오, '실버 센류' 외의 센류 공모전에도 투고하며 실력을 갈고닦습니다.

애정을 담아 관찰하기

입선자 여러분께 작품의 배경을 여쭤보면, 역시 가족이나 주변에서 영감을 얻어 센류를 지었다고 말씀하시는 분들이 많습니다. 여기서 포인트는 사람에 대한 관찰력입니다.

이 책에 실린 "당근마켓에서 / 아무도 관심 없는 / 나의 옷가지"(143쪽)로 제19회에 입선한 가도모리 레이코 씨 역시 뛰어난 관찰력과 너그러운 인간애를 지녔습

니다. "연하장 / 안 보내면 죽었다고 / 소문이 난다"(제15회), "그림 편지에서 / 좋은 느낌 내는 / 손 떨린 글씨"(제16회), "언제부턴가 / 커플 밥그릇이 된 / 나와 고양이"(제18회) 등 지금까지도 최다 입선 횟수를 자랑하는 달인 중의 달인이지요.

가도모리 씨가 센류를 짓기 시작한 것은 10년쯤 전입니다. 자녀들이 중고등학생이 되어 육아에 여유가 생긴 덕분에 하이쿠와 센류를 짓게 되었습니다. "머릿속에 떠오르는 대로 일단 형태를 만들어나가는 것"이 가도모리 씨의 창작 비결이라고 합니다. 거의 날마다 센류를 짓고, 수시로 작품을 응모한다지요.

가도모리 씨는 본인이 운영하는 이발소나 취미로 나가는 그림 교실 등에서 실버 세대와 접할 기회가 무척 많아서, 그분들을 관찰하다 보면 여러 가지 아이디어가 떠오른다고 합니다. 툭하면 젊은 시절 무용담을 늘어놓거나, 서로 말이 안 통해도 개의치 않거나, 저마다 철학이 확고한 모습 등을 자주 볼 수 있는데요, 그런 어르신들에 대한 애정과 유머를 듬뿍 담아 가도모리 씨는 오늘도 신작을 짓습니다.

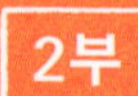

2009~2014

にほん川柳　ベスト　セレクション

다나베 마사카쓰·남성·예순네 살·파트타이머 ―제9회 입선―

정년퇴직 후
선물받은 앞치마
불길한 예감

定年に
エプロン貰い
嫌な予感

우에나카 나오키·남성·서른 살·자영업 ㅣ제 9 회 입선ㅣ

그놈의 무용담
본 사람이라고는
한 명도 없네

証人が
一人もいない
武勇伝

이시오카 가즈코·여성·여든두 살·무직 ㅡ제9회 입선ㅡ

꾸벅 인사하자
동시에 휘청대는
동창회

お辞儀して
共によろける
クラス会

아귀 맞는 데
반백 년 걸린
냄비와 뚜껑

五十年
かかって鍋と
蓋が合う

다무라 쓰네사부로 · 남성 · 일흔여섯 살 · 무직 —제9회 입선—

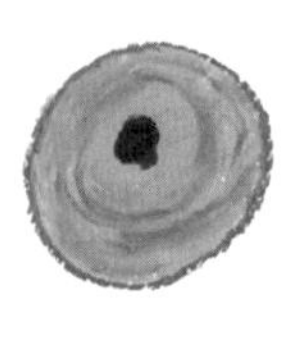

마키코·여성·쉰다섯 살·주부 ｜제 9 회 입선｜

옛날 옛적에

공룡 직접 봤냐고

묻는 증손주

その昔

恐竜見たかと

問う曾孫

야마모토 데쓰야·남성·서른아홉 살·회사원 —제9회 입선—

모두의 시선
한 몸에 받으며
떡을 먹는다

注目を
一身に受け
餅食べる

야마구치 마쓰오·남성·예순세 살·무직 —제10회 입선—

「아~ 해봐」
옛날엔 러브러브
지금은 노인 돌봄

「アーンして」
むかしラブラブ
いま介護

아다치 다다히로 · 남성 · 일흔한 살 · 무직 ― 제10회 입선 ―

불만 있으면
개가 아니라
나한테 말해

不満なら
犬に言うなよ
オレに言え

오사와 노리에 · 여성 · 일흔 살 · 무직 ㅡ제 10회 입선ㅡ

깊은 맛 난다고
칭찬을 받아버린
손 떨린 글씨

味のある
字とほめられた
手の震え

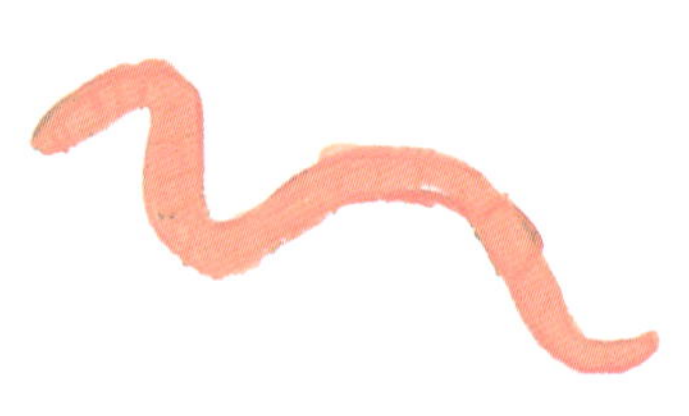

모즈쿠·여성·마흔네 살·파트타이머 ―제11회 입선―

뒤를 돌아보니
개가 배려해주는
산책길

振り返り
犬が気遣う
散歩道

구도 고지·남성·예순여덟 살·무직 ―제 11 회 입선―

만보기 숫자
절반 이상이
물건 찾기

万歩計
半分以上
探しもの

내용보다는
글씨 크기로
책을 고른다

中身より
字の大きさで
選ぶ本

니시무라 요시히로·남성·일흔한 살·무직 ―제11회 입선―

나카무라 도시유키·남성·예순일곱 살·무직 ―제11회 입선―

눈에는 모기를
귀에는 매미를
기르고 있다

目には 蚊を
耳には 蟬を
飼っている

생일 케이크

촛불 불고 나니

눈앞이 캄캄

誕生日
ローソク吹いて
立ちくらみ

이마즈 시게루·남성·예순세 살·회사원 ―제11회 입선―

사카이 도모미·남성·서른여섯 살·회사원 ―제11회 입선―

남은 날 있다고
생각하며 줄 서는
복권 가게 앞

まだ生きる
つもりで並ぶ
宝くじ

히미코·남성·예순여섯 살·자영업 ―제11회 입선―

몇 줌 없지만

전액 다 내야 하는

이발료

少ないが

満額払う

散髪代

후지키 히사미쓰 · 남성 · 예순여덟 살 · 무직 ─ 제 12회 입선 ─

국민연금
부양가족에 넣고 싶다
개랑 고양이

年金の
扶養に入れたい
犬と猫

우루이치 다카미쓰·남성·일흔 살·무직 ―제12회 입선―

연명 치료
필요 없다 써 놓고
매일 병원 다닌다

延命は
不要と書いて
医者通い

니헤이 히로요시·남성·쉰네 살·무직 ㅡ제12회 입선ㅡ

환갑 맞이한
아이돌을 보고서
내 나이 실감

アイドルの
還暦を見て
老を知る

네코네코 럭키·여성·마흔여섯 살·주부 ㅣ제 12회 입선ㅣ

개찰구 안 열려
확인하니
진찰권

改札を
通れずよく見りゃ
診察券

다키가미 마사오 · 남성 · 예순네 살 · 회사원 ─ 제12회 입선 ─

2세대 주택
지었지만 아들한테
색시 안 오네

二世帯を
建てたが息子に
嫁が来ぬ

야마다 히로마사·남성·일흔한 살·자영업 ─ 제 12회 입선 ─

자명종
울리려면 멀었나
일어나서 기다린다

目覚ましの
ベルはまだかと
起きて待つ

요시무라 아키히로 · 남성 · 일흔세 살 · 무직 ― 제 12회 입선 ―

일어나긴 했는데
잘 때까지 딱히
할 일이 없다

起きたけど
寝るまでとくに
用もなし

호소노 오사무·남성·예순세 살·자영업 ―제 13 회 입선―

건강검진 후
다정해진 아내가
신경 쓰인다

検査あと
妻のやさしさ
気にかかり

이와마 야스유키·남성·예순 살·공무원 ─제13회 입선─

귀가 어두워
보이스피싱범도
두 손 들었다

耳遠く
オレオレ詐欺も
困り果て

마쓰모토 도시히코·남성·마흔여덟 살·회사원 ―제13회 입선―

증손주 이름
읽지도 쓰지도
알아듣지도 못하네

ひ孫の名
読めない書けない
聞きとれない

아베 히로시·남성·쉰세 살·회사원 ―제13회 입선―

본성 드러난다고
하도 겁을 주니까
치매도 못 앓겠다

本性が
出ると言うから
ボケられぬ

일본에서 너구리는 변신술로 인간을 속인다는 이미
지가 있다. 그림의 너구리는 시가현 고카시의 명물
도자기 인형 '시가라키야키 다누키'로, 손에 든 것은
술병과 장부.

사사키 이쿠코·여성·일흔다섯 살·무직 ―제13회 입선―

너무 더워서
리모컨 눌렀더니
TV 켜진다

暑いので
リモコン入れると
テレビつく

구보 시즈오·남성·일흔세 살·무직 ─ 제13회 입선 ─

자기 전 구상한
기막힌 한 수
눈 뜨니 까먹었네

寝て練った
良い句だったが
朝忘れ

가와베 마사히로 · 남성 · 서른여덟 살 · 자영업 ─ 제14회 입선 ─

옛날엔 주당
지금은 맨정신에
갈지자 걸음

元酒豪
今はシラフで
千鳥足

이시이 가오리·여성·쉰세 살·자영업 —제14회 입선—

LED 전구
수명 다하는 순간
기필코 봐주마

LED
絶対見てやる
切れるとこ

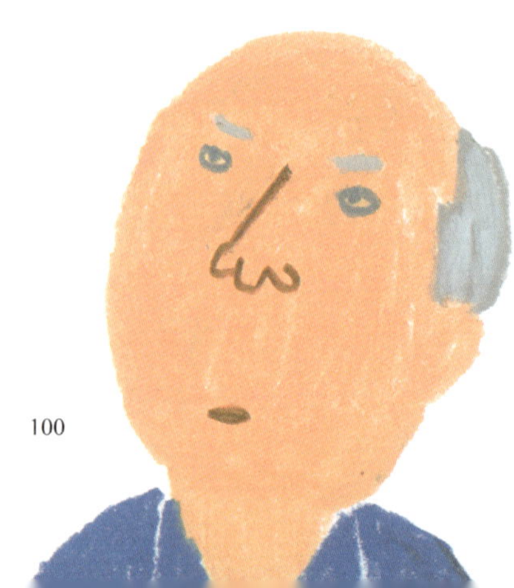

구치부에 다로 · 남성 · 쉰 살 · 회사원 ―제14회 입선―

같은 시기에
구직 활동 하는
손주와 할배

同時期に
シュウカツをする
孫と爺

토미스타·남성·마흔두 살·파트타이 —제14회 입선—

이 몸 구박하면
유언장 다시 써서
배로 갚으리

いびるなら
遺言書きかえ
倍返し

사노 유미코·여성·마흔네 살·어린이집 선생님 ―제14회 입선―

보청기 끼자마자
세상 과묵해지는
우리 며느리

補聴器を
はめた途端に
嫁、無口

103

기우치 미쓰코 · 여성 · 예순네 살 · 주부 ― 제14회 입선 ―

늙는다는 건

이런 거였구나

늙고서야 깨닫네

老いるとは
こういうことか
老いて知る

센류 달인에게 묻는다!

재미있는 센류를 쓰는 두 가지 비결

원래 독서를 좋아했던 오타얀 씨. 직접 소설을 써서 공모전에 도전한 적도 있지만 "당선 근처에도 못 가봤기 때문에 재능이 없는 듯하여 포기"했습니다. 그렇다면 센류를 지어보자, 하고 몇 년 전부터 작품을 응모하기 시작했지요. 첫 응모작 "당신 이름은 / 방금 전에도 / 들은 것만 같은데"와 이 책에 실린 입선작 "실언 한마디 / 집에서 하더라도 / 생존 불투명"(148쪽) 두 수가 실버 센류 시리즈에 수록되었습니다. 오타얀 씨의 말에 따르면 같은 5·7·5 음수율이어도 하이쿠는 아쿠타가와상, 센류는 나오키상[*]이라고 합니다. 오타얀 씨는 재미있는

실언 한마디 집에서 하더라도 생존 불투명

작품을 좋아해서 후자를 선택했다지요. 참고로 부인도 센류를 짓는데, "나도 알아 / 코시국[**] 전부터 / 살쪄 있었지"가 '제12회 굿바이 지방 센류 대상'(커브스 주최)에서 대상을 받았습니다.

오타얀 씨에 따르면 재미있는 센류의 비결은 두 가지라고 합니다. 하나는 읽었을 때 작품 속 정경이 눈앞에 떠오르도록 하는 것이고, 다른 하나는 계절감이 드러난 키워드나 시사적인 화제를 친근한 상황에 녹여내

[*] 각각 순문학과 대중문학에 수여하는 일본의 문학상.

[**] '코로나19 시국'의 줄임말로, 코로나19 팬데믹 상황이
장기간 지속되던 기간을 뜻한다.

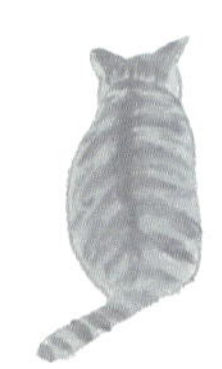

는 것입니다.

"실언 한마디 / 집에서 하더라도 / 생존 불투명"도 정치인의 흔한 말실수를 가정 내 일상에 적용해서, 어색해진 분위기와 무심코 실언을 해버린 사람의 위기감이 눈앞에 선명히 떠오르는 한 수를 완성했습니다. 오타얀 씨는 응모 전 비슷한 센류가 있는지도 꼼꼼하게 확인한다고 합니다.

키워드로 시대를 담는 센류

매년 화제가 된 사건과 유행어는 센류에 다양한 형태로 반영되었습니다.

2014년의 유행어 '벽치기'를 소재로 삼은 "벽치기 자세로 / 바지 갈아입기 / 간신히 성공"(117쪽)에서는 연애와 노화 사이의 낙차를 표현했고, 2017년의 유행어 '인스타 사진발'을 소재로 삼은 "'인스타 사진발' / 새로 나온 삼각대냐 / 손주에게 묻는다"(137쪽)에서는 세대 차이를 웃음으로 절묘하게 전환했습니다.

지난 20년 동안의 '실버 센류' 입선작을 이 책에서 다시 소개하며 우리가 살아온 시대도 돌아볼 수 있었습니다. 2021년에는 코로나 19 소재가 압도적으로 많았습니다만, 앞으로는 무슨 키워드가 화제에 오를까요? 어떤 시대라도 유머와 웃음을 잃지 않았으면 합니다.

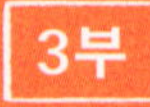

3부

2015~2020

にほん川柳　ベスト　セレクション

사와노보리 세이치로 · 남성 · 예순일곱 살 · 자영업 —제15회 입선—

아이패드
아미타불로
잘못 들었다

マイナンバー
ナンマイダーと
聴き違え

늙는다는 건
늘어가는 복용약
줄어드는 기억

老いるとは
ふえる薬と
減る記憶

오다지마 다다히코·남성·일흔네 살·자영업 ― 제 15회 입선 ―

치매 걸린 건지
멍 때리는 건지
서로 모른다

お互いに
ボケかトボケか
気がつかず

이토 도시하루·남성·예순아홉 살·무직 ―제15회 입선―

벽치기 자세로
바지 갈아입기
간신히 성공

壁ドンで
ズボンの履き換え
やっとでき

스즈키 후지오·남성·예순다섯 살·자영업 ―제 15회 입선―

앨범 사진에
포스트잇 붙어 있다
영정용이라고

アルバムに
遺影用との
付箋あり

하마 오토메·여성·일흔두 살·주부 ―제16회 입선―

「돈 좀 보내줘」
아들 목소리지만
전화 끊는다

金が要る
息子の声だが
電話切る

「제발 그만둬」

낮잠 잤을 뿐인데

맥 짚어 본다

「やめとくれ」

ただの寝坊で

脈とられ

이호리 마사코·여성·예순세 살·무직 ―제 16회 입선―

겨우 일어나
수화기 들었더니
이미 끊겼다

やっと立ち
受話器を取れば
電話切れ

전자레인지
데워 놓고 까먹어
다시 냉장고로

チンをして
出すの忘れて
冷蔵庫

이와테의 가요코·여성·예순일곱 살·주부 ― 제16회 입선 ―

나가타 도시미치 · 남성 · 예순일곱 살 · 농업 ― 제 16 회 입선 ―

이 나이 먹고
끊어서 무엇 하랴
술이랑 담배

この歳で
止めてどうする
酒たばこ

세토 나오코·여성·쉰아홉 살·주부 ―제17회 입선―

자고 있는데
깨워서 먹인다
수면제

寝てるのに
起こされて飲む
睡眠薬

아사마마·여성·오사카부·쉰여덟 살·무직 ―제17회 입선―

로봇 청소기도
훌쩍 넘는 문턱에
발이 걸린다

ルンバさえ
越えてる段に
足とられ

엔자키 노리코·여성·쉰세 살·파트타이머 —제 17회 입선—

이 몸 따스히
반겨주는 것은
변기 시트뿐

温かく
迎えてくれるは
便座のみ

리쿠·소라 할머니·여성·쉰아홉 살·주부 ㅡ제 17회 입선ㅡ

나의 유언장

「모든 건 아내에게」

마누라 글씨

遺言書

「すべて妻に」と

妻の文字

이와타니 노리코·여성·일흔여섯 살·주부 —제 17회 입선—

반려동물 잃고
남편 갔을 때보다
더 크게 운다

ペットロス
主人の時より
号泣し

포켓몬 어딨나
수색하러 다니자
수색 대상 됐다

ポケモンを
捜し歩いて
捜されて

하다노 사토코·여성·예순두 살·주부 ―제17회 입선―

「너의 이름은?」
노인 모임에서도
유행어라네

「君の名は?」
老人会でも
流行語

* 2016년에 일본에서 크게 흥행한 애니메이션의 제목.

일어나 보니

컨디션이 좋아서

병원에 간다

고사카 야스오·남성·일흔일곱 살·무직 ―제18회 입선―

朝起きて

調子 いいから

医者に行く

곤도 마리코·여성·쉰여섯 살·파트타이머 ―제18회 입선―

양말 두 짝
선 채로 신는 것은
고난도 체조

靴下を
立って履くのは
E難度

이시이 다케오·남성·여든세 살·무직 ―제 18회 입선―

「인스타 사진발」
새로 나온 삼각대냐
손주에게 묻는다

「インスタバエ」
新種の蠅かと
孫に問い

미야우치 히로타카·남성·예순다섯 살·무직 ―제 18회 입선―

지난 유행가
너무도 낯설어서
못 따라 부름

懐メロが
新し過ぎて
歌えない

아, 맛있었다
무얼 먹었는지는
까먹었지만

うまかった
何を食べたか
忘れたが

야마다 유시로·남성·아흔일곱 살·무직 ―제19회 입선―

다이쇼부터
네 시대 다 겪어 본
아흔아홉 살

四元号
生き抜き迎える
白寿かな

* 1912년부터 현재까지 일본의 연호는
'다이쇼, 쇼와, 헤이세이, 레이와' 네 가지이다.

가도모리 레이코·여성·쉰한 살·자영업 ― 제 19회 입선 ―

당근마켓에서
아무도 관심 없는
나의 옷가지

メルカリで
誰も買わない
ワシの服

웃음 할아버지·남성·일흔세 살·무직 ―제 19회 입선―

보이스 피싱범
상대하고 싶을 만큼
무료하구나

オレオレの
相手をしたい
ほどの暇

도쿠노 요시타카·남성·일흔여섯 살·무직 ㅡ제 19회 입선ㅡ

한 번쯤 은발
해보고 싶었는데
이미 대머리

グレーヘア
したいがすでに
ハゲ頭

나카가와 기요시·남성·쉰네 살·회사원 ―제 19회 입선―

시도했지만
결국은 직원 호출
셀프 계산대

挑んでも
店員を呼ぶ
セルフレジ

오타얀·남성·예순네 살·무직 ㅡ제 19회 입선ㅡ

실언 한마디
집에서 하더라도
생존 불투명

失言は
家庭内でも
命取り

호시노 도루·남성·여든두 살·무직 ―제 20회 입선―

우리 할머니
직접 만든 마스크
숨을 못 쉰다

ばあさんの
手づくりマスク
息できず

아라키 데이치·남성·일흔일곱 살·무직 ―제 20회 입선―

부부 사이
원만함의 비결은
사회적 거리 두기

円満の
秘訣ソーシャル
ディスタンス

오바타 가즈히로·남성·일흔세 살·단체 임원 ― 제 20회 입선 ―

재택근무
해보고는 싶지만
무직입니다

テレワーク
やってみたいが
俺無職

낭만파·남성·쉰세 살·회사원 ―제20회 입선―

정수리만 덩그러니
화면에 비치는
화상 채팅

頭頂部
だけが見えてる
オンライン

에루 엄마·여성·쉰 살·어르신 돌봄 관련업 ㅡ제 20회 입선ㅡ

왜 짖는 건데

마스크 쓰고 있지만

주인 맞거든

なぜ吠える

マスク姿の

飼い主に

쓰레기 버릴 때
나하고 까마귀는
낯익은* 사이

다나베 유키오·남성·일흔세 살 ―제20회 입선―

ゴミ出しの
俺とカラスは
顔馴染み

* 일본에서는 까마귀가
길가의 쓰레기봉투를 쪼아서
음식물을 찾아 먹는 경우가 많다.

**이 책에 수록된 작품은 공익사단법인 전국유료실버타운협회에서
주최한 '실버 센류' 공모전의 입선작입니다.**

1부 : 제1회~제8회 입선작

2부 : 제9회~제14회 입선작

3부 : 제15회~제20회 입선작

• 수록작은 공익사단법인 전국유료실버타운협회와 포푸라샤 편집
  부에서 선정했습니다.
• 작가의 이름(필명), 나이, 직업은 응모 당시의 정보로 실었습니다.

 전국유료실버타운협회
홈페이지 QR코드

공익사단법인 전국유료실버타운협회

유료 실버타운 이용자 보호와 사업의 건전한 발전을 목적으로 1982년
에 설립되었다. 고령자 복지 향상을 목표로 입주 상담부터 사업자 운
영 지원, 입주자 기금 운영, 직원 연수 등 다방면에 걸쳐 활동하고 있
으며 후생 노동성의 인가를 받았다.

일본 센류 걸작선

초판 1쇄 발행 2026년 4월 22일

지은이 공익사단법인 전국유료실버타운협회, 포푸라샤 편집부
옮긴이 이지수
펴낸이 김선준

편집이사 서선행
책임편집 천혜진 **편집1팀** 이주영, 김송은
디자인 김세민 **일러스트** 후루타니 미치코
마케팅팀 권두리, 이진규, 신동빈
콘텐츠본부장 조아란
콘텐츠팀 이은정, 장태수, 권희, 박미정, 조문정, 이건희, 박지훈, 송수연, 김수빈,
　　　　　현유진, 정지호
경영관리팀 송현주, 윤이경, 임해랑, 정수연

펴낸곳 ㈜콘텐츠그룹 포레스트 **출판등록** 2021년 4월 16일 제2021-000079호
주소 서울시 영등포구 여의대로 108 파크원타워1, 28층
전화 02) 332-5855 **팩스** 070) 4170-4865
홈페이지 www.forestbooks.co.kr
종이 ㈜월드페이퍼 **출력·인쇄·후가공·제본** 한영문화사

ISBN 979-11-94530-95-4 (03830)

㈜콘텐츠그룹 포레스트는 독자 여러분의 책에 관한 아이디어와 원고 투고를 기다리고 있습니다. 책 출간을 원하시는 분은 이메일 writer@forestbooks.co.kr로 간단한 개요와 취지, 연락처 등을 보내주세요. '독자의 꿈이 이뤄지는 숲, 포레스트'에서 작가의 꿈을 이루세요.